Main dans la main

Titre original
Hand i hand

© 2000 Les Solitaires Intempestifs, Editions
14, rue de la République - 25000 BESANÇON
Tél. : 33 [0]3 81 81 00 22 - Fax : 33 [0]3 81 83 32 15

www.solitairesintempestifs.com

ISBN 2-912464-72-2

Texte publié avec l'aide du
Centre National du Livre

Tous les droits de représentation pour la langue française
sont à l'Arche Editeur

SOFIA FREDÉN

Main dans la main

*Traduit du suédois
par*
GUNILLA KOCH DE RIBAUCOURT

avec la collaboration de
AZIZ CHOUAKI

LES SOLITAIRES INTEMPESTIFS

Collection La Mousson d'été
dirigée par Michel Didym

Magnus Dahlström, *L'Épreuve du feu*
Traduit du suédois par Terje Sinding

Chris Lee, *La Douleur de la cartographe*
Traduit de l'anglais (Irlande) par Isabelle Famchon

Armando Llamas, *Trente et une pièces autobiographiques*

A. I. S. Lygre, *Maman et moi et les hommes*
Traduit du norvégien par Terje Sinding

Philippe Malone, *Pasarán*

Arlette Namiand, *Une fille s'en va*

Pauline Sales, *La Bosse*

Mac Wellman, *Sept pipes*
Traduit de l'anglais (États-Unis) par Philippe Loubat-Delranc

Jean-Paul Wenzel, « *Faire bleu* »

La Mousson d'été est une manifestation consacrée aux écritures théâtrales d'aujourd'hui.

Á travers des lectures, conversations, mises en espace, spectacles, cabarets, les objectifs de *La Mousson d'été* sont clairs : mettre l'écriture et l'auteur au centre du processus de création et permettre à des personnalités diverses (auteurs, éditeurs, acteurs, musiciens, journalistes, chercheurs, public local et national, universitaires...) de se rencontrer autour de l'écriture et de la création théâtrale contemporaines.

Parmi les coups de vent et les gros grains de la création contemporaine nous essayons de construire une maison des écritures ouverte au monde, qui s'associe aux traducteurs et aux éditeurs pour faire circuler les œuvres.

Cette collection « La Mousson d'été » doit permettre à des textes non publiés de vivre au-delà de cette manifestation, de s'inscrire dans le temps et de trouver leurs contemporains.

MICHEL DIDYM

La Mousson d'été est installée à l'abbaye des Prémontrés, elle reçoit le soutien de la région Lorraine, du ministère de la Culture (DRAC - DDAT - DAI), du rectorat de l'académie Nancy-Metz, du ministère des Affaires étrangères (AFAA), du conseil général de Meurthe-et-Moselle, des villes de Pont-à-Mousson et de Blénod-lès-Pont-à-Mousson.

PERSONNAGES

NINA, 25-30 ans
ALLAN, 25-30 ans
ARON, 25-30 ans
PETTER, 20-25 ans
NADJA, 20-25 ans
GARY, 45-55 ans

LE RÉCEPTIONNISTE
LE PROPRIÉTAIRE

Une grande ville à l'époque contemporaine.

PROLOGUE

Nina tourne en rond dans son appartement.

NINA, *comme si elle parlait à Allan.* – Allan, ça coûte d'avoir une vie, à moi ça me coûte entre cent et cent cinquante mille par an selon qu'on me donne ou non une aide au logement, à certains ça coûte encore plus cher, et c'est de l'argent sur lequel ils paient des impôts, on pourrait penser qu'ils en paient trop, mais quel que soit le prix et quelle que soit la personne qui paie, que ce soit toi-même ou l'Etat, il faut s'arranger pour que cet argent vous donne une vie. Ça a un prix et en fin de compte, c'est de sa vie qu'on paie. Je veux que tu partes. Il faut que tu partes. Pas moi. Toi. C'est mon appartement.

1

Aron parle au téléphone dans une rue sombre.

ARON. – Salut, c'est moi. Je peux passer ? Ah oui, vous êtes en train de bouffer. *(Il raccroche et fait un autre numéro.)* Salut, c'est moi. Je peux passer ? Ah, je comprends, les gosses sont malades et vous êtes en train de dîner, je passerai une autre fois. *(Il fait un autre numéro.)* Petter, c'est Aron. Il faut absolument que tu viennes, il y a un truc qu'il faut que tu fasses pour moi. Il le faut. C'est cette histoire d'argent. Oui, c'est moi qui te le demande. *(Il raccroche.)*

Aron reste à attendre dans la rue sombre.

2

Nina et Allan dans l'appartement de Nina. Allan emballe ses affaires. Nina regarde par la fenêtre.

ALLAN. – Il neige ? Tu veux pas qu'on fasse une minute de silence ?

NINA. – Pour quoi faire ?

ALLAN. – Parce que je m'en vais et qu'il y a plus rien entre nous. Ça vaut bien une minute de silence ?

Allan et Nina restent silencieux.

NINA. – Ça y est, la minute est passée ?

ALLAN *crie*. – Qu'est-ce que tu veux ? !

NINA. – Je t'ai dit ce que je voulais !

ALLAN. – Je suis peut-être un peu bête, mais je ne comprends pas ce que tu veux ! C'est quoi, ça ?

Allan prend différentes choses dans la pièce.

NINA. – Ça, c'est tes allumettes. Ça, c'est les miennes.

ALLAN. – C'est bien ça ! C'est ça que tu veux ?

NINA. – Ce que je veux ?

ALLAN. – Il faut faire très attention, oui vraiment très attention à ce qui est à toi et à ce qui est à moi ? ! Ça c'est à toi, et ça c'est à moi ! Nous devons faire très attention !

NINA. – Ça c'est les miennes.

ALLAN. – Oui, en effet ! Ça, c'est ta vie et ça, c'est la mienne ! Il faut bien distinguer à qui appartient cette vie-ci et cette vie-là !

NINA. – Oui, effectivement. Je veux avoir ma vie, et c'est pas possible tant que tu es là. Ça fait un an que tu habites ici. Je t'ai dit que tu pouvais rester là jusqu'à ce que tu trouves autre chose, mais tu trouves rien.

ALLAN. – Ça fait un an ? Non, ça fait pas un an.

NINA. – Ça c'est à toi. Si, ça fait un an.

ALLAN. – Tu veux ta vie et je dois partir. Allez, va-t'en, Allan. Et que commence la vie de Nina. Qu'est-ce que c'est que ça ?

NINA. – Une paire de bas de nylon. C'est à moi.

ALLAN, *imitant Nina*. – « Qu'est-ce que c'est que ça ? » C'est quoi cette vie ? Je dois foutre le camp, il y a plus rien entre nous et un an est passé !

NINA. – Tout était déjà terminé il y a un an. Tu peux pas rester ici encore un an. Où vas-tu aller ?

ALLAN. – Chez Sony.

NINA. – Sony ? Pourquoi ?

ALLAN. – C'est tout ce que j'ai pour le moment. « Pourquoi ça ? » Sony a dit que je pouvais habiter chez lui. Personne d'autre me l'a dit. Il faudra payer pour dormir dans son placard et je serai obligé de faire la vaisselle et de nettoyer sa merde pour avoir le droit de regarder sa télé. Parce qu'il a hérité d'un appartement, il s'imagine qu'il peut se conduire comme un salaud. Je serai là-bas si tu veux me joindre.

NINA. – Je suis ici si tu me veux joindre.

Allan prend ses affaires et s'apprête à partir.

ALLAN. – Que je dégage. C'est ça que tu veux ?

NINA. – C'est ça.

Allan revient dans l'appartement.

ALLAN. – Je peux te laisser le temps de réfléchir.

NINA. – J'ai eu un an pour y réfléchir.

Pause.

ALLAN, *à lui-même*. – Allez, va dans la neige. *(Vers Nina.)* Et merci pour ces années.

Nina. – Merci.

Allan et Nina se serrent la main et Allan s'en va avec ses affaires.

3

Petter et Aron se retrouvent dans la rue sombre.

Aron. – Tu peux te débrouiller pour l'argent ?

Petter. – Tu sais que le paternel ne sera pas content.

Aron. – Oui, je sais. Mais tu pourras te débrouiller ?

Petter. – Bien sûr.

Aron. – Tu me le dois.

Petter. – Je dois toujours ceci ou cela à tout le monde. Est-ce que personne me doit jamais rien ? Est-ce que je suis une dette permanente, ou qu'est-ce que j'ai ?

Aron. – Sans doute, oui. Tu es dans le moins.

Petter. – C'est dur d'être dans le moins, plutôt dur, mais je me débrouillerai. Pour toi.

Aron. – Arrête avec ce « pour toi ». Je te devrai rien.

Petter. – Est-ce que je peux revenir à zéro ?

Aron. – Tu es dans le moins. Tu le resteras toujours.

Petter. – A zéro ?

Aron. – Peut-être à zéro.

Aron s'en va.

4

Petter ouvre un coffre-fort.

Petter. – Je prends ton argent et peut-être que tu l'apprécies pas, mais peut-être que moi je t'apprécie pas non plus.

Il s'agit pas de mathématiques ici. Il s'agit de la vie. Et dans la vie moins plus moins, ça donne pas plus, ça donne encore moins. Moins sur toi et moins sur moi, ça fait que nous nous apprécions de moins en moins, toi et moi.

Petter sort une grosse enveloppe marron du coffre-fort et la met dans sa poche, allume une cigarette et s'en va.

5

Aron attend Petter dans la rue sombre.

ARON, *au téléphone*. – Petter, c'est Aron à nouveau. Putain, où es-tu ? Où est le fric ? Ça fait plus d'une heure que j'attends. *(Il fait un autre numéro.)* C'est encore Aron. Est-ce que je peux venir ? *(Il raccroche.)*

6

Nadja se promène dans la nuit et passe devant Petter dans le noir. Petter la suit et l'attrape.

PETTER. – Où vas-tu ?

NADJA. – Je me promène. Je voulais pas rester à la maison. Et toi ?

PETTER. – Moi non plus, je voulais pas rester à la maison. Je vais par là.

Petter et Nadja longent la rue sombre.

NADJA. – On est libre de faire ce qu'on veut, non ?

PETTER. – Exactement. Alors, qu'est-ce qu'on fait ?

Petter et Nadja vont vers un hôtel. Ils sont devant la réception de l'hôtel. Un réceptionniste d'un certain âge portant perruque se tient derrière le comptoir.

Nous voulons une chambre.

LE RÉCEPTIONNISTE. – Chambre simple ou double ?

PETTER. – Double.

LE RÉCEPTIONNISTE. – Pour une nuit ou plusieurs ?

NADJA. – Une seule.

PETTER. – J'ai de l'argent.

LE RÉCEPTIONNISTE. – Bien sûr, tu en as sûrement, sinon tu prendrais pas une chambre d'hôtel, non ? Pas de bagages, rien à monter dans la chambre ?

Nadja retire son pull et le donne au réceptionniste. Petter enlève aussi le sien.

Alors, je vous fais monter les bagages.

Le Réceptionniste disparaît derrière le comptoir.

NADJA. – Tu m'as rien dit sur toi.

PETTER. – Toi non plus.

NADJA. – Non, et je dirai rien. Si on apprend des choses l'un sur l'autre, on voudra en savoir plus. Si nous en savons plus, nous aurons l'impression d'en savoir trop. On veut pas en savoir trop l'un sur l'autre. Je ne le pense pas.

PETTER. – Moi non plus.

Petter et Nadja montent dans la chambre d'hôtel. Le réceptionniste suit Petter et Nadja avec les pulls.

7

Nina sortant d'un bar rentre chez elle. A un coin de rue elle rencontre Aron.

ARON. – Tu vas où ?

NINA. – Je rentre.

ARON. – Je rentre aussi, pour donner à manger au chat ! Tu as un chat ?

Nina. – Non.

Aron. – Les chats se débrouillent sans nourriture plusieurs jours. Je peux peut-être rentrer avec toi ?

Nina. – Non tu ne le peux pas, ou peut-être que si. *(Elle tend sa main.)* Nina.

Aron. – Aron.

Aron rentre avec Nina

8

Nina et Aron entrent dans l'appartement de Nina. Ils s'embrassent. Nina enlève les lunettes d'Aron.

Aron. – Où es-tu ?

Nina. – Je suis là.

Aron. – Où ça ?

Nina. – Ici !

Aron. – Te voilà. Bon, je vais peut-être enlever ma chemise.

Nina. – Ça, c'est ma chemise.

Aron *saisit le soutien-gorge.* – Vraiment ?

Ça se dégrafe par-derrière. Derrière, c'est là.

Et ça, c'est le devant ? Oui, ça c'est le devant en effet.

Le téléphone sonne.

Ça sonne.

Nina. – C'est le téléphone du voisin. Il sonne tellement fort que je crois toujours que c'est le mien.

Aron. C'est ton téléphone qui sonne.

Nina prend le téléphone.

Nina. – Oui, c'est moi. Oui, tu me déranges.

Nina raccroche.

C'était personne.

ARON. – Non ?

Le téléphone sonne à nouveau.

NINA. – Je raccroche. Rentre chez ta mère. Alors, rentre chez le mec de ta mère. Ne m'appelle plus.

Nina raccroche.

Ces téléphones. Ils arrêtent pas de sonner, mais il y a personne.

ARON. – Il y a personne ?

NINA. – Non.

On sonne à la porte.

ARON. – On sonne à la porte.

NINA. – On sonne à la porte du voisin.

ARON. – Non, c'est à ta porte. Il y a quelqu'un devant la porte.

Allan crie à travers la fente de la boîte à lettres.

ALLAN. – Est-ce que je peux pas entrer ?

NINA. – Non ! Tu peux pas !

ALLAN. – J'ai ma clé, mais je ne veux pas l'utiliser, sauf si c'est nécessaire. Est-ce que je pourrais pas entrer ?

NINA. – Tu devais me rendre cette clé !

ALLAN. – Je te demande juste d'ouvrir cette porte ! Je l'avais gardée au cas où tu perdrais la tienne ! A présent j'ouvre la porte ! J'entre !

NINA. – N'entre pas ! Je te le pardonnerai jamais !

ALLAN. – J'entre !

Allan ouvre la porte et se tient dans l'embrasure avec du sang qui lui coule sur le visage.

Pardonne-moi.

Aron. – Qui c'est ?

Nina. – Personne.

Allan. – C'est moi.

Aron prend ses lunettes.

Aron. – Il faut peut-être que je parte. Excusez-moi.

Nina. – Non, ne pars pas. C'est lui qui doit partir. C'est lui qui doit s'excuser.

Allan. – Tu t'occupes pas de moi ? J'ai dit pardon.

Aron. – Moi ?

Allan, *avec ironie à Aron*. – Toi, t'occuper de moi ? Non, pas toi. Elle. J'ai du sang sur le visage.

Nina. – Du sang ?

Aron. – Je vais peut-être partir. Oui, il en a.

Nina. – Non. Reste.

Aron. – Si c'est ton copain, je vais peut-être partir.

Nina. – C'est pas mon copain.

Allan. – Il neige.

Aron. – Vraiment ?

Allan. – Vachement. Les bus ne passent plus. Il neige vachement.

Nina. – Alors il faudra prendre un taxi pour aller là où tu vas.

Aron. – Oui, je vais sans doute prendre un taxi.

Nina. – Pas toi !

Allan. – J'ai pas trouvé de taxi. Tu n'as qu'à aller à pied. C'est ce que j'ai fait.

Aron. – Il faudra bien. Oui, je vais peut-être partir.

Nina. – Tu vas pas partir.

Aron se tient près de la porte.

ARON. – Voilà mon numéro de téléphone. Bonne nuit, alors.

NINA. – Bonne nuit.

Aron s'en va.

ALLAN. – C'est une vie, lui ? Si c'est ça la vie, je voudrais être mort.

NINA. – Pourquoi ne l'es-tu pas ? Pourquoi tu viens ici ?

ALLAN. – Il y a qu'ici que je peux débarquer à cinq heures du matin.

NINA. – Tu peux pas venir ici. Pourquoi tu as du sang sur le visage ?

Nina va chercher de la glace et un marteau. Elle casse la glace avec le marteau.

ALLAN. – C'est Sony. Il voulait mille couronnes par semaine et j'ai dit, non, tu ne les auras pas, pas pour un placard, mais il voulait ce fric. J'ai dit non et alors il a pris...

NINA *l'interrompt.* – Il te l'a pris ?

ALLAN. – Non ! Il a pris un couteau et il m'a frappé avec. Pourquoi tu as dit que tu voulais que je sois mort ?

NINA. – J'ai pas dit ça.

ALLAN. – Je vis, et j'y peux rien.

NINA. – Moi non plus.

Allan s'installe sur un matelas par terre. Nina éteint la lumière.

9

Petter et Nadja sont couchés dans le grand lit de la chambre d'hôtel.

PETTER. – Dis ? Tu y crois toi ?

NADJA. – A quoi ?

Nadja sort du lit enveloppée d'un drap.

PETTER. – A ce qui nous arrive.

NADJA. – Je vais juste aux toilettes.

Nadja sort.

PETTER. – J'y crois.

Nadja laisse Petter assis dans le lit. Petter danse tout seul, enveloppé d'un drap.

10

Nina et Allan dorment. Aron entre dans l'appartement sombre et avance vers Nina, qui se réveille et crie.

ARON. – Le numéro de téléphone.

NINA *ânonne*. – 84 20 55.

ARON. – Pas le tien. Le mien.

NINA. – Je connais pas ton numéro.

ARON. – Je l'ai posé sur la table en partant. Il y est plus.

NINA. – Tu as le bout de papier ? Il est là quelque part. Allan ?

ALLAN *se réveille*. – Quel bout de papier ?

NINA. – Avec le numéro de téléphone.

ALLAN. – Non, j'ai pensé que je ne téléphonerais pas. Il le fera, lui. Pourquoi c'est toujours moi qui téléphone ?

NINA. – Il doit être quelque part par ici. Où est-il ?

ARON. – C'était pas mon numéro.

ALLAN. – On laisse son propre numéro, ou alors on n'en laisse pas. Elle se fout de ton numéro.

NINA. – J'avais l'intention d'appeler. Vraiment.

ARON. – C'était pas mon numéro.

ALLAN. – Pourquoi bon sang lui donnes-tu un numéro qui n'est pas le tien ? !

Nina cherche le numéro de téléphone.

Nina. – Je l'ai jeté. J'avais peut-être pas l'intention d'appeler, ou alors j'ai jeté le papier sans remarquer qu'il y avait ton numéro dessus.

Allan. – Mais c'était pas son numéro !

Aron. – J'ai pas le téléphone.

Allan. – Je l'ai, mais de toute façon personne ne m'appelle, et d'ailleurs cherche pas à m'enfoncer, je le suis déjà suffisamment. *(A Nina.)* Il veut peut-être téléphoner ? *(A Aron.)* Elle a compris que c'était pas ton numéro, alors qu'est-ce que tu veux ?

Nina. – Tu veux téléphoner ?

Aron. – J'ai pas où dormir. J'ai pas d'appartement.

Allan. – Merde alors ! C'est la faute du paternel. La mère lui a dit, lorsqu'ils ont changé de nom, qu' « Hôtel », c'était pas un bon nom de famille, mais le paternel a insisté, on marquera Hôtel sur la porte.

Aron. – Il s'appelle Hôtel ?

Nina. – Non. Son nom est même pas marqué sur la porte. Tu m'as dit que tu en avais un.

Aron. – J'en avais un. Il a brûlé. Je voulais appeler avant de venir, mais j'avais pas de téléphone.

Nina. – Ton appartement brûle en ce moment ?

Allan. – S'il brûle, tu devrais y aller pour sauver ce qu'il y a à sauver.

Aron. – Non, c'était cet automne. J'avais pas d'assurance. Je croyais en avoir une. J'avais pris l'appartement en sous-location, et celui qui y habitait n'avait pas payé la prime d'assurance et avait acheté des cigarettes avec l'argent. Il fumait au lit, et en quelques minutes tout l'appartement était en flammes. Tout l'immeuble a brûlé. Je dois quatorze millions à ceux de l'immeuble, qui, eux non plus, n'avaient pas d'assurance. Personne n'en avait. J'ai pas de chat. J'en avais un. On dit que son fantôme se balade dans la buanderie. Les gens font ce qu'ils peuvent pour vous couler. *(Pause.)* Je pensais que si toi et moi on se revoyait, peut-être que...

Nina. – Peut-être que quoi ?

Aron. – On pourrait peut-être tomber amoureux l'un de l'autre.

Nina. – Toi et moi ?

Allan. – Elle ne s'amourache pas de n'importe qui.

Nina. – On tomberait amoureux ici, cette nuit ?

Aron. – Amoureux, on peut l'être n'importe quand et de n'importe qui, c'est souvent une simple question de temps, de se laisser le temps l'un à l'autre, rester suffisamment longtemps dans la même pièce et avoir à peu près les mêmes intérêts. Comme ça, toi et moi, nous pourrions habiter ici. C'est bien ton appartement, non ?

Nina. – En effet, mais j'avais pas l'intention de tomber amoureuse maintenant, mais on peut toujours dire qu'on n'a pas l'intention...

Aron. – Et puis ça vient, sans le vouloir. Mais tu en avais sans doute pas l'intention ?

Nina. – Sans doute que non, je l'avais pas. Je veux habiter avec personne.

Allan. – C'est pas vraiment son truc, être amoureux et vivre avec quelqu'un.

Aron. – C'était sans doute, comment dire, une dernière chance pour moi, mais si ça l'est pas pour toi, alors ?

Allan. – Elle a eu sa chance.

Nina. – Non, ça l'est sans doute pas. Il y a d'autres femmes qui veulent peut-être tomber amoureuses. Des femmes plus âgées, qui habitent de grands appartements.

Aron. – J'ai rien contre les femmes plus âgées. Le temps signifie rien pour moi.

ALLAN. – Je comprends pas.

ARON. – Qu'est-ce que tu comprends pas ?

ALLAN, *à Nina*. – Je comprends pas comment n'importe qui peut venir en plein milieu de la nuit chez une femme qu'il ne connaît pas.

NINA, *à Allan*. – Tu es bien venu ici en pleine nuit.

ALLAN. – Je ne suis pas n'importe qui.

ARON. – Est-ce que je peux dormir ici cette nuit ? Je peux dormir dans un fauteuil, si on me prête une serviette ou un pull ou quelque chose ? Je dormirai pas dans ton lit. Bien entendu.

ALLAN *va chercher un matelas et fait le lit*. – Non, bien entendu que non !

ARON. – Je vais pas...

ALLAN *l'interrompt*. – Non, c'est exactement ce que je dis. Tu peux dormir ici !

NINA. – Tu peux dormir là ?

ALLAN. – Bien sûr qu'il peut. Voici une serviette. *(A Nina.)* Si j'étais pas venu, tu aurais eu un inconnu plutôt effrayant, dans ton lit.

NINA. – C'est peut-être ce que je voulais ? Tu sais pas ce que je veux.

ALLAN. – Tu le sais pas non plus. Tu crois que tu veux des choses, que tu ne veux pas. Pas une seule fois au cours de ces années où j'ai dormi dans ton lit, tu as dit que tu voulais un inconnu.

NINA *l'interrompt*. – Je sais parfaitement ce que je veux.

ARON. – Merci.

ALLAN. – Ne me remercie pas, moi.

ARON. – Je te remerciais pas. Merci.

Aron allume une cigarette.

NINA. – J'espère que c'est pas toi qui y as mis le feu ? A l'appartement ?

ARON. – Non, c'est pas moi.

NINA. – Je ne tomberai pas amoureuse de toi.

ARON. – Moi non plus, je ne tomberai pas amoureux de toi.

ALLAN. – De moi non plus, j'espère ?

Nina éteint la lampe.

11

Petter se tient, à peine réveillé, devant la réception de l'hôtel. Le Réceptionniste, avec une autre perruque, apparaît derrière le comptoir.

LE RÉCEPTIONNISTE. – Elle est partie Ta sœur.

PETTER. – C'était pas ma sœur. Où est-elle partie ?

LE RÉCEPTIONNISTE. – C'est mon imagination. *(Il montre.)* Par là. Tu veux payer maintenant ? Elle a emporté un de nos draps en partant.

PETTER. – Je veux garder la chambre encore une nuit. Elle reviendra.

LE RÉCEPTIONNISTE. – Est-ce que ta sœur est islamiste ? La famille voulait-elle le drap ? Les islamistes n'ont aucun sens du privé, et les Africains non plus d'ailleurs, plus ils sont nombreux sous la hutte, mieux c'est, pensent les Africains, et les frères et les sœurs se pelotent sans la moindre gêne sous la hutte, comme en une seule et grande fête de famille, c'est comme ça en Afrique, et l'espace de vie, le « lebensrau » les islamistes n'en ont aucun sens, mais...

PETTER *l'interrompt.* – Est-ce qu'elle a dit quelque chose en partant, ou elle est partie comme ça ? C'était pas ma sœur !

LE RÉCEPTIONNISTE. – Elle est partie comme ça.

Petter. – Si elle revient, dites-lui que je l'attends dans la chambre.

Le Réceptionniste. – A qui dois-je le dire ?

Petter. – Elle s'appelle... Dites-le-lui de la part de Petter.

Le Réceptionniste. – Je mettrai le drap sur la note. Les islamistes.

Petter. – Ta gueule.

Le Réceptionniste. – Ta gueule, ta gueule, ta gueule. Les islamistes, les islamistes, les islamistes. Les Africains, les Africains, les Africains.

Petter se jette sur le Réceptionniste pour le frapper, mais le réceptionniste frappe Petter, qui monte dans sa chambre d'hôtel en saignant du nez.

12

Le matin quelques jours plus tard. Allan, Aron et Nina sont dans l'appartement de Nina.

Aron. – Quand j'aurai joint mon frère, je partirai.

Nina. – Ton frère semble difficile à joindre.

Aron. – J'y arriverai.

Le téléphone sonne.

Nina, *au téléphone, à Aron*. – C'est pour toi.

Aron prend le téléphone.

Aron. – Oui, oui, oui. Apporte-les ici. *(Il raccroche.)* C'était mon frère. Il arrive.

Nina. – Alors tu vas partir ? Et toi, Allan ?

Allan. – Je vais trouver autre chose. Je pars.

Aron regarde par la fenêtre.

Aron, *à Allan*. – C'est une conspiration.

Allan. – Je sais, mais qui sont-ils et dans quel but ?

Aron. – Faire quitter la ville à des gens comme nous. Quand ils y seront parvenus, cette ville sera tellement blanche et étincelante que tu seras obligé de la regarder de ton septième étage en banlieue à travers un verre fumé comme quand on regarde une éclipse du soleil.

On sonne à la porte. Aron ouvre. Sur le palier il y a Petter.

Petter. – Salut, Aron. Je l'ai.

Aron. – Salut, Petter.

Petter sort l'enveloppe de sa poche et la tend à Aron.

Qu'a dit le paternel ?

Petter. – Il n'est pas en Suède. Il n'est pas rentré depuis un mois. Il est aux Etats-Unis. Il a une dame là-bas. C'est tes amis ? Je les connais ?

Aron. – Tu les reconnais ?

Petter. – Non.

Aron. – Alors c'est pas des gens que tu connais.

Petter. – Non, sans doute pas.

Aron. – Voici Petter. Mon frère.

Petter. – Salut. Petter.

Aron ouvre l'enveloppe.

Aron. – C'est tout ?

Petter, *avec nervosité.* – C'est tout.

Aron. – Il rentre quand ? Il y a pas tout.

Petter. – C'est tout. Il rentre aujourd'hui.

Aron. – Aujourd'hui ? Pourquoi tu n'es pas venu me voir il y a un mois ?

Petter. – Je savais pas où tu étais. Comment je pouvais savoir qu'il serait absent un mois ? Il lui arrive d'être absent deux mois.

Aron. – Tu aurais pu demander à maman où j'étais.

PETTER. – Je peux pas demander à maman.

ARON. – Tu habites pas chez maman ?

PETTER. – Chez papa. Maintenant je sais plus où habiter. Quand il va rentrer, il faudra que je quitte le pays.

ARON. – Il pourra pas te trouver si tu quittes la ville. Tu peux pas quitter le pays. Tu as pas de fric. Tu es un idiot.

PETTER. – Alors, je vais aller où ? Où, en dehors de la ville ? Est-ce que je pourrais pas rester ici, avec tes amis ? Je suis pas un idiot.

ARON. – Tu peux pas rester ici.

Petter prend la main de Nina.

PETTER. – Salut.

NINA. – Salut.

PETTER. – Je suis le frère d'Aron. Tout va bien pour toi ?

NINA. – Tout va bien.

ARON. – Petter ?

PETTER. – C'est moi.

ARON. – Tu m'as dit qu'il y en aurait beaucoup plus.

PETTER. – J'ai dit ça ?

ARON. – Tu as dit qu'il avait cinq cent mille ! Ici il y a trois mille.

PETTER. – Ah bon ? J'ai pris un taxi pour venir.

ARON. – C'est pas suffisant pour un droit au bail.

PETTER. – Ils ont augmenté, non ?

ARON. – Prendre un taxi ne coûte pas quatre cent quatre-vingt-dix-sept mille.

PETTER. – Non, le chauffeur de taxi m'a dit soixante-dix, n'importe où à l'intérieur de la ville si je demandais pas de fiche. Il n'avait pas cinq cent mille. Il n'avait pas plus que ça.

Aron. – Tu as dit que si.

Petter. – Il ne l'avait pas. Il avait cinquante mille ou quelque chose comme ça. S'il me trouve, il va me cogner. Toi, il te trouvera pas, personne ne te trouve.

Aron. – C'est pour cette raison que tu devais prendre l'argent. Il faut lui apprendre.

Petter. – Quoi ? Qu'est-ce qu'il doit apprendre, Aron ? Il sait que je suis un idiot, il sait que je prends son argent quand il n'est pas à la maison, pourquoi est-ce qu'il faut le lui apprendre? Il va me cogner.

Nina. – Qui ?

Petter. – Papa.

Nina. – Il a beaucoup d'argent ?

Petter. – Lui ? Il n'a que ça et une dame aux Etats-Unis. J'ai rencontré une fille.

Aron. – Toi ?

Petter, *à Nina*. – Oui. Je l'ai vue, et puis je savais pas quoi lui dire, mais je savais que je n'aurais pas le droit de coucher avec elle si je ne disais pas quelque chose, alors je lui ai dit, veux-tu habiter à l'hôtel avec moi ? Et nous avons habité à l'hôtel.

Aron. – Combien de nuits tu as passées à l'hôtel ?

Petter. – Quelques-unes. Je sens que cette fille me plaît et que je lui plais. Est-ce qu'il arrive que les filles disent que vous leur plaisez, pour pouvoir coucher avec vous ?

Nina. – Ça arrive.

Aron. – Quoi donc, quelques-unes ?

Allan. – Ça n'arrive pas ! Si les filles disent que tu lui plais, c'est que tu lui plais.

Nina. – Comment elle s'appelle ?

Petter. – Je sais pas. Quelques-unes.

Aron. – Tu as habité l'hôtel pour quarante-sept mille juste

pour coucher avec une fille dont tu ne connais même pas le nom ?

PETTER. – Je l'ai fait pour toi !

ARON. – Pour moi ? !

PETTER. – Tu as dit que je devais prendre son argent ! Il nous le devait, tu as dit, ou quelque chose comme ça ? Parce qu'il nous avait quittés et n'avait jamais rien fait pour nous. Tu l'as dit.
(Aron donne à Petter l'enveloppe marron.)
Tu viendras nous voir un jour ?

ARON. – Un jour.

PETTER. – Tu dis toujours ça, mais tu viens jamais. Papa et moi nous dînons tous les jours à huit heures, alors si tu viens, viens vers huit heures.

ARON. – Je viendrai. S'il te frappe, tu n'as qu'à venir chez moi.

Petter s'en va.

NINA, *à Aron*. – Il le bat ? Il peut habiter ici si on le bat.

ALLAN *l'interrompt*. – Ici ? ! Ah non ! Ici c'est archiplein !

Allan et Aron s'installent devant la télé.

13

Petter rentre chez Gary, qui est en train de dîner.

PETTER. – Pardon.

GARY. – Pardon ? Pourquoi ?

PETTER. – L'argent. Je l'ai pris.

GARY. – Pourquoi tu as pris mon argent ?

Gary empoigne Petter et le secoue.

PETTER. – Attends ! C'est que de l'argent !

GARY. – Bordel, c'est pas que de l'argent ! C'est mon argent.

PETTER. – Argent pour argent !

GARY. – Tu pourras dire ça quand tu auras ton argent ! Sais-tu comment j'ai eu le mien ?

PETTER. – Non, je sais pas !

GARY. – Je l'ai eu comme j'ai eu tout le reste !

PETTER. – Alors tu l'as sans doute acheté !

GARY. – Bordel que non ! Je l'ai pas acheté ! J'ai travaillé pour l'avoir !

PETTER. – Tu as eu de la chance ! Ceux qui ont eu de la chance doivent partager avec ceux qui n'en ont pas eu !

GARY. – Quel est le foutu idiot qui a dit ça ? J'ai jamais dit ça ! Ne reviens pas avant de pouvoir rendre cet argent !

PETTER. – J'ai joué de malchance !

GARY. – Quel idiot ! Seul un idiot appelle un ratage personnel de la malchance ! C'est un ratage pour moi que d'avoir un fils idiot !

PETTER. – Tu n'es pas raté parce que je le suis ! Tu es réussi. J'ai rien à voir avec toi.

GARY. – Non, ni moi avec toi. Pas de chance pour toi, non ?

Gary jette dehors Petter, qui s'assoit devant la porte et pleure. Gary pleure de l'autre côté de la porte.

Où est la faute ? !

Petter retourne dans l'appartement de Nina.

14

Allan regarde Nina qui se déshabille. Aron est devant la télé.

ALLAN. – Tu es tendue.

NINA. – Je suis pas tendue. Tu regardes pas la télé ?

ALLAN. – La télé ? Qu'est-ce qu'il y a à voir à la télé ? Tu es tendue.

NINA. – Je suis pas tendue. Je vais prendre un bain.

ALLAN. – Je vais peut-être prendre un bain aussi.

NINA. – Tu vas peut-être prendre un bain, mais pas maintenant, car pour l'instant c'est moi qui vais le prendre.

ALLAN. – Nous y voici à nouveau. C'est toi qui fais des choses et c'est moi qui fais des choses, c'est jamais toi et moi qui faisons des choses. Tu dois faire des choses avec moi.

NINA. – Je le dois ?

Petter entre dans la salle de bains.

PETTER. – Salut. Me voici.

ALLAN. – Salut. Te voilà.

PETTER. – Aron a dit que je pouvais venir.

Aron dans la salle de séjour.

ARON. – J'ai dit ça ?

PETTER. – Tu l'as dit. *(A Nina.)* Il l'a dit. Tout va bien pour toi ?

NINA. – Oui, tout va bien pour moi.

Petter embrasse Nina. Petter s'installe à côté d'Aron devant la télé.

ALLAN. – Je suis une part de toi.

NINA. – Si tu es une part de moi, je suis sans doute aussi une part de toi ?

ALLAN. – Non, tu l'es pas. Moi, c'est moi. Est-ce que je peux soigner mes durillons aux pieds avec ça ?

Allan prend une lime.

NINA. – Elle est à moi. Ne te fais pas les pieds sur ma serviette.

ALLAN. – Je suis ce qui t'est arrivé de mieux. Mais c'est comme si tu n'y pensais pas.

NINA. – J'y penserai quand j'aurai fini de prendre mon bain. Suis-je ce qui t'est arrivé de mieux ?

ALLAN. – Non, tu ne l'es pas. *(Il regarde son pied.)* Qu'est-ce que c'est que ça ?

Aron et Petter devant la télé.

PETTER. – Qu'est-ce qui compte ?

ARON. – C'est eux. Je veux entendre ce qu'ils disent. C'est ça qui compte.

Allan entre dans la pièce de séjour et montre son pied.

ALLAN. – C'est quoi, ça ?

ARON. – C'est des champignons.

ALLAN. – Ah ? *(Il retourne à la salle de bains.)* Tu m'écartes !

NINA. – Je ne t'écarte pas. Je veux simplement pas que tu habites ici. Je veux habiter ici. Ça, c'est ma serviette.

ALLAN. – Quand on écarte des choses, il faut choisir juste. Suis-je la chose juste à écarter ?

NINA. – Ça, c'est ma lime ! Je ne t'écarte pas ! Je préserve ma vie.

ALLAN. – Tu avais une vie avec moi.

NINA. – Ah ?

ALLAN. – Oui, tu l'avais !

Aron et Petter dans la pièce de séjour.

PETTER. – Qu'est-ce qu'ils ont ?

ARON. – Ils prennent une décision, et les décisions ça marque. Elles ne marquent pas seulement ceux qui les prennent, mais aussi leur entourage. Tu es bien installé ?

PETTER. – Quoi ? Oui.

ARON. – Mais tu l'es de façon vachement légère, et moi aussi.

Nina et Allan dans la salle de bains.

ALLAN. – On peut se remettre ensemble.

NINA. – On peut ?

ALLAN. – Non seulement on peut. Mais tu dois être avec moi. Tu serais quoi sans moi ? Tu ne serais pas celle que tu es aujourd'hui ! Tu le sais ! Tes copines, elles sont complètement paumées, elles tournent en rond comme des poules ! Tu n'es pas perdue, parce que tu m'as eu ! Si tu m'avais pas eu, tu aurais pas ri la moitié de ce que tu as ri dans ta vie. *(Il rit bruyamment.)* Je suis entré dans ta vie et avec moi le rire !

NINA. – Mes copines c'est pas des poules. Donne-moi ma serviette.

ALLAN. – Tu sais qu'elles le sont ! La seule chose qu'elles souhaitent c'est la venue de quelqu'un comme moi qui leur donne une vie !

Allan s'écroule sur le sol de la salle de bains.

NINA. – Je suis pas ta vie, moi ?

ALLAN. – Non, tu ne l'es pas ! J'ai une vie, avec ou sans toi. Je suis un homme et je peux pas être perdu comme toi.

NINA. – Si tu as une vie, pourquoi tu t'en vas pas ?

ALLAN. – Je veux pas que tu sois perdue ! Tu te débrouilleras pas sans moi !

NINA. – Et toi, tu te débrouilles sans moi ?

ALLAN. – Oui, je me débrouille.

NINA. – Alors, casse-toi. Donne-moi ma serviette !

ALLAN. – Si je dois me casser, Aron et Petter doivent aussi se casser !

NINA. – Tu me veux. C'est ça que tu veux dire ?

ALLAN. – Non ! Toi, tu me veux ! C'est ça que je dis, parce que tu ne peux pas le dire !

NINA. – Tu me veux. Dis-le.

Aron dans la pièce de séjour.

ARON. – Dis-le, Allan !

ALLAN. – C'est toi qui me veux !

NINA. – Dis-le.

Aron dans la pièce de séjour.

ARON. – Il y a qu'à le dire !

Nina et Allan dans la salle de bains.

NINA. – Casse-toi !

ALLAN. – Où ? Me casser où ? Tu es tellement perdue !

Allan quitte en courant la salle de bains et s'installe à côté de Aron et Petter.

PETTER. – On n'entend pas ce qu'ils disent à la télé. On veut entendre ce qui se passe dans le monde.

ALLAN. – Tu me veux !

NINA. – Je te veux pas !

ALLAN. – Qu'est-ce qui se passe dans le monde ?

ARON. – Celui-là est le chef de ceux-là, j'ai pas bien entendu ce qu'ils disaient, mais ceux-ci ne pourront jamais pardonner à ceux-là ce qu'ils ont fait à ceux-ci.

PETTER. – Et celui-là c'est le président. Mais, j'ai pas entendu non plus ce qu'il disait...

ALLAN. – Il y a eu de la merde entre pas mal de gens, c'est sans doute ce qui est arrivé.

Allan explose et Petter, Allan et Aron restent devant la télé. Nina s'est habillée.

NINA. – Je sais ce que c'est, quand les murs n'offrent plus aucune protection et le toit non plus, quand même votre propre peau n'est plus une protection et que le sol vous permet pas de marcher. On peut passer à travers et tomber plusieurs étages plus bas. N'importe qui peut frapper et entrer, peut-être entrer même sans frapper ? Je sais ce que c'est quand le vent passe par la porte, même quand elle est fermée et que la porte peut être ouverte même si elle est fermée à clé. Est-ce que quelqu'un d'autre que moi sait ce que c'est ? Quand il y a pas de toit et pas de murs qui vous protègent et que n'importe quoi peut entrer, entrer pas seulement là où vous habitez, mais entrer là où vous êtes, en vous ? Et qu'on ne peut empêcher que ça entre comme ça. Parce que rien ne vous protège.

Nina sort.

ALLAN. – Je partirai pas. Et toi ?

ARON. – Non plus, si tu pars pas.

ALLAN. – Je peux pas partir. Elle est trop perdue.

PETTER. – Je partirai pas non plus.

Allan et Aron se postent devant la fenêtre. Petter reste devant la télé.

15

Gary est assis sur un banc dans un parc. Nina s'assoit sur le banc.

GARY. – Les voilà qui se promènent main dans la main. Quand ils vous tiennent par la main comme ça, on s'imagine qu'ils la lâcheront jamais, mais un jour ils la lâchent et vous restez là à agiter votre main vide, dans le vide.

NINA. – Peut-être que c'est vous-même qui lâchez ? Il faut bien lâcher prise un jour ou l'autre.

GARY. – On lâche pas prise sur ses propres enfants. C'est eux qui lâchent prise.

NINA. – Je croyais que tu parlais des couples là-bas, qui marchent main dans la main.

GARY. – Je parlais des pères qui marchent là-bas avec les enfants. *(Il renifle.)* J'ai tant fait pour eux ! Je les amenais ici dans ce parc et je les tenais par la main. Ils étaient si petits et reconnaissants quand ils étaient petits, ils sont si grands et ingrats quand ils sont grands.

Nina. – Tu dois pas t'attendre à de la gratitude, quand même.

Gary. – A quoi je dois m'attendre ? A un coup sur la gueule ? Après tout ce que j'ai fait pour eux ?

Nina. – Tu dois peut-être t'attendre à rien.

Gary. – Non ?

Nina. – Tu dois peut-être te contenter de ce qu'on te donne.

Gary. – Ecoute, je prends ce que je veux. Il faut savoir ce qu'on veut et le prendre, et c'est ce que je fais. Je fais ce que je veux. Tu as des enfants ?

Nina. – Non, je n'en ai pas. Pour avoir des enfants, il faut une liaison. Je n'ai pas de liaison.

Gary. – Tu veux une liaison ?

Nina. – Et toi ?

Gary. – Ecoute, il y a pas de liaison. Il y a que des situations de dépendance, et je ne veux dépendre de personne. Et tu ne le veux pas non plus. Merci à toi. Parce que tu étais là, quand j'étais là.

Gary et Nina se serrent la main et Gary garde la main de Nina.

Tes mains sont belles. Tu joues d'un instrument ?

Nina. – Je n'ai pas d'instrument sur lequel jouer. Je crois que si on possède un instrument et qu'on sait en jouer, alors on a une vie. Je crois qu'il faut avoir une vocation, mais c'est pas donné à tout le monde. Il y a tellement de gens qu'aucune voix n'appelle jamais, mais si on possède un instrument alors... je voudrais un piano. Tu as pris ma main.

Gary. – Ah oui ? Reprends-la, si tu la veux. Sinon je la prends.

Gary tient la main de Nina. Nina s'en va. Gary reste sur le banc du parc.

16

Allan, Petter et Aron sont assis sur le canapé.

ARON. – Tu peux sortir un instant ?

PETTER. – Pourquoi je dois sortir ?

Petter s'éloigne.

ARON. – Va-t'en ! *(A Allan.)* Où allons-nous partir ? Si nous devons partir ?

Aron regarde par la fenêtre. Allan se tient à ses côtés.

ALLAN. – Tu vois, cette fille-là, de la campagne, assise devant sa fenêtre avec ses livres. Elle étudie à l'université, mais elle n'étudie pas beaucoup, car elle ne cesse de penser combien elle est seule – puisqu'elle vient tout juste d'arriver en ville.

ARON. – Tu vas à l'université. Tu l'abordes quand elle se tient seule devant le distributeur de café et tu lui offres une tasse de café, puis tu l'accompagnes à son appartement, tu couches avec elle et tu lui dis que tu vas l'appeler, mais tu l'appelles pas et elle se charge du reste. Si tu veilles à ce qu'elle ait une bonne corde chez elle.

ALLAN. – C'est facile, mais elle est en sous-location, et je pourrai pas avoir accès à son appartement.

ARON. – Tu mets ton nom à côté du sien sur la porte. Quand ses parents arrivent de la campagne parce qu'ils se font du souci pour elle, tu dis qu'elle a rencontré un mec et s'est installée chez lui.

ALLAN. – Trop facile !

ARON. – C'est facile de prendre ce qu'on veut, il suffit de le prendre ! Une fois que tu l'as, plus personne te demande comment tu l'as eu !

Nina traverse la pièce.

NINA. – Vous dites qu'il s'agit de choisir, et plutôt de savoir écarter, car quand on a appris à accueillir la vie, il faut apprendre à la refuser, sinon il y a trop de vie. Il y a jamais eu autant de vie qu'aujourd'hui. Il y a trop de vie ! Mais quelle est la vie que vous voulez écarter ? Vous n'avez pas de vie à écarter ! Vous n'avez pas de vocation ! Car aucune voix ne vous appelle !

Nina sort. Petter avance vers Aron et Allan près de la fenêtre.

PETTER. – Qu'est-ce qu'il y a ? Quelqu'un qui est nu ?

ARON. – Non, pas du tout. Tu veux que je m'en occupe ?

ALLAN. – Est-ce que c'est pas plutôt à moi de m'en occuper ? Je suis pas plus son genre ?

PETTER. – Il y a quelqu'un qui est nu !

ARON. – Alors tu t'en occupes. Non, il n'y en a pas !

Allan s'en va.

PETTER. – Il y a quelque chose qui va pas.

ARON. – Qu'est-ce qui va pas ?

PETTER. – Rien ne va. Je vais acheter des cigarettes.

Petter s'en va. Aron regarde Allan par la fenêtre. On sonne à la porte, il ouvre et sur le palier il y a Nadja.

NADJA. – J'habite en face et je t'ai vu par la fenêtre et je voudrais savoir si tu peux m'aider.

ARON. – T'aider à quoi ?

NADJA. – Il y a un mec étrange qui me suit. Il me poursuit où que j'aille et pour le moment il est devant ma porte. Tu le vois ?

Aron regarde par la fenêtre et voit Allan devant la porte de Nadja.

ARON. – Oui, il a l'air curieux.

Nadja. – Je l'ai jamais vu.

Aron. – Il t'a peut-être vue.

Nadja. – Peut-être. J'ai l'habitude de m'installer à la fenêtre pour regarder dehors. Tu as l'habitude de te metttre à la fenêtre pour regarder ?

Aron, *honteux*. – Non. Je jette sans doute un coup d'œil par la fenêtre de temps en temps, mais guère plus.

Nadja. – Tu m'as déjà vue ?

Aron. – Toi ? Non. Je ne t'ai pas vue.

Nadja. – Je ne t'ai pas vu non plus. *(Pause.)* Est-ce que je peux avoir un verre d'eau ? Je me sens étrange. C'est peut-être ce mec, ou alors c'est autre chose qui est étrange.

Aron. – Je vais aussi prendre un verre d'eau. Je me sens étrange.

Nadja. – Tu veux que je parte ?

Aron. – Ne pars pas.

Aron va chercher deux verres d'eau.

Nadja. – Tu as connu l'amour coup de foudre ?

Aron. – Non. Et toi ?

Nadja. – Oui, je l'ai connu.

Aron. – Et alors ? C'était comment ?

Les mains d'Aron tremblent.

Nadja. – Tu l'as ressenti maintenant, n'est-ce pas ? Quand je suis venue ?

Aron. – Oui, je l'ai ressenti. Et toi ?

Nadja. – Oui, je l'ai ressenti. Je m'appelle Nadja.

Aron. – Je m'appelle Aron.

Nadja. – Je peux emprunter les toilettes ?

Nadja va aux toilettes. Aron s'écroule par terre. Petter revient avec les cigarettes. Nadja revient des toilettes.

PETTER. – Salut.

NADJA. – Salut. Tu es ici ?

PETTER. – Oui. Tu es ici ?

NADJA. – Oui.

PETTER. – Lui, c'est mon frère Aron.

NADJA. – C'est ton frère ?

PETTER. – Pourquoi tu es partie comme ça ?

NADJA. – Je voulais pas rester.

PETTER. – Une réponse comme une autre. *(Pause.)* Pourquoi tu voulais pas rester ? Je suis resté.

ARON. – Resté où, Petter ?

Aron prend la main de Nadja.

PETTER. – Aron, putain, qu'est-ce que tu fais ?

ARON. – Quoi donc, putain, qu'est-ce que je fais ?

PETTER. – Pourquoi tu lui tiens la main ?

ARON. – J'aime Nadja et elle m'aime.

PETTER. – Nadja... Je sors pour acheter des cigarettes. Je reviens et celle que j'aime, t'aime toi ! Est-ce que j'ai été absent longtemps ? Est-ce que je suis dans le futur, ou... où suis-je ? Je suis juste sorti et j'ai acheté des cigarettes !

ARON. – Celle que tu aimes ?

NADJA. – Oui, moi, et, comment tu t'appelais ?

ARON. – Petter.

NADJA. – Moi et Petter, effectivement, nous nous sommes aimés, avons aimé, nous étions dans un hôtel...

PETTER *l'interrompt*. – Je t'aimais ! J'ai dit que j'étais à l'hôtel avec quelqu'un que j'aimais ! Tu ne peux pas me la prendre, Aron ! Je ne te dois rien ! J'ai pris l'argent du paternel pour toi !

ARON. – Petter, arrête donc de pleurer, tu es dans le futur et

Nadja est à moi. *(A Nadja.)* Si on allait chez toi ?

Petter. – Je ne veux pas être dans ce futur-là ! J'y suis tellement seul ! Tout le monde me prend tout ! Je suis toujours dans le moins !

Nadja. – J'ai pas d'appartement. J'ai une chambre chez une famille. Ils ont fait un trou dans le mur de ma chambre. Ils n'ont pas de télé parce qu'ils ne peuvent pas se la payer, alors ils me regardent.

Allan arrive en courant.

Allan. – Je l'ai perdue ! Je suis resté devant sa porte pendant une heure et... tu l'as trouvée...

Aron. – Oui, je l'ai trouvée.

Nadja. – C'est toi qui étais devant ma porte.

Allan. – Oui, je devais te faire mourir et prendre ton appart. Je croyais être ton genre, mais apparemment c'est Aron qui est ton genre. Merde.

Nadja, *à Aron*. – Je veux plus habiter chez cette famille. Est-ce que je peux habiter ici ?

Nina entre.

Aron. – Si tu peux habiter ici ? Elle le peut ?

Nina. – Qui elle ? Ah bon, toi.

Nina et Nadja se serrent la main.

Nadja. – Nadja.

Nina. – Nina. Ce lit-là, tu peux y dormir. Tu peux prendre cette couverture-là et l'oreiller et tu peux te brosser les dents avec la brosse à dents bleue. Tu peux mettre tes affaires dans les deux premiers tiroirs de la commode.

Nadja. – Merci.

Nina. – De rien.

Allan. – C'est ton lit.

Nina. – C'est pas mon lit. Je vais plus dormir ici. *(A Nadja.)* C'est ton lit, Nadja.

NADJA. – Merci.

Nina s'en va.

ALLAN, *à Nina*. – Où vas-tu dormir, Nina ? Où ? Tu dois dormir dans ce lit-là ! C'est là que tu dois dormir ! Où vas-tu dormir ? Tu dois dormir ici ! C'est ton lit ! Ça !

17

Nadja, Petter, Aron et Allan restent dans l'appartement de Nina. Petter allume une cigarette et l'appartement prend feu et est réduit en cendres.

ARON. – Petter ! Tu as réduit l'appartement en cendres ! Tu recommences ! D'abord tu mets le feu à mon appart et puis tu en incendies un second.

PETTER. – Tu me demandes pas ce que j'ai pour incendier comme ça les appartements ! Tu me demandes pas ? ! Il me manque peut-être quelque chose ! J'ai peut-être quelque chose qui tourne pas rond et qui fait que je mets le feu aux appartements !

ARON. – Qu'est-ce qui va pas, Petter ?

Pause.

PETTER. – Je peux pas répondre, Aron. Je crois pas que j'aie quelque chose qui ne va pas.

NADJA. – Où tu vas ?

PETTER. – Je vais vivre dans la forêt. *(Pause.)* Si on se perd dans la forêt, on survit pourvu qu'on ait sur soi à peu près les bons trucs, un couteau et peut-être quelques autres trucs. La seule chose qui peut être dangereuse dans la forêt, c'est si on n'a pas d'eau. En mer c'est les mêmes règles que dans la forêt, mais en mer il faut être deux si on n'est pas un navigateur solitaire expérimenté. Dans la forêt, c'est pas important, on peut se débrouiller seul. Pourvu qu'on ait de l'eau.

Petter quitte Allan, Aron et Nadja dans l'appartement.

ALLAN. – Nina est partie ? Elle peut pas partir. Elle ne le peut pas. Pas sans moi.

Allan s'effondre.

18

Gary est assis sur un banc dans le parc et Nina passe devant.

GARY. – Je t'ai attendue.
(Nina s'assoit à côté de Gary.)
Qu'est-ce qu'on fait ?

NINA. – Avec quoi ?

GARY. – Avec ça.

NINA. – Avec quoi ?

GARY. – Avec cette attente.

Petter passe devant eux.

PETTER, *à Gary*. – J'ai pas de fric pour toi, papa. *(A Nina.)* J'ai mis le feu à ton appart.

NINA. – Vraiment ?

PETTER. – Oui, je l'ai fait. C'est pas parce que c'était le tien. *(A Gary.)* Je te donnerai l'argent quand j'en aurai.

Petter s'en va.

NINA. – Il a réduit mon appart en cendres.

GARY. – J'ai un appartement. Tu le veux ?

NINA. – Tu en veux combien ?

GARY. – Je veux peut-être te le donner.

NINA. – Tu peux pas me le donner comme ça ?

GARY. – Pourquoi pas ? On pourrait dire que je te le dois.

NINA. – Pourquoi tu me le devrais ?

GARY. – Est-ce qu'on ne doit pas toujours quelque chose à

quelqu'un ? Je peux aussi bien le devoir à toi qu'à quelqu'un d'autre. Comme ça tu pourras me devoir autre chose.

NINA. – Quoi donc ?

GARY. – On pourra peut-être trouver un accord.

NINA. – Peut-être. Il y a quelque chose que je voudrais avoir.

GARY. – Quoi donc ?

NINA. – Un piano.

GARY. – Il y a quelque chose que je voudrais avoir.

NINA. – Quoi donc ?

GARY. – Toi.

Pause.

NINA. – Tu sais ce qu'il faut ? *(Pause.)* Il faut savoir ce qu'on veut et le prendre.

Gary sort un trousseau de clés.

GARY. – Voici les clés de l'appartement. Prends-les. J'ai un second trousseau. Je vais juste arranger deux ou trois choses pour que tu puisses emménager. Dans une heure.

NINA. – Dans une heure. *(Ils se serrent la main.)* Nina.

GARY. – Gary.

Nina s'en va. Gary va à l'appartement.

19

Gary attend Nina dans l'appartement. Dans un coin, un piano. Gary montre le piano à Nina.

GARY. – Je te le donne.

NINA. – Tu me le donnes ?

GARY. – Je suis comme ça. Je donne. Je n'arrête pas de donner. Prends-le.

Nina. – Tu es amoureux de moi ?

Gary. – Oui, je suis peut-être amoureux de toi, et peut-être que je t'aime, et que je... Oui... peut-être. Tu m'aimes?

Nina. – Non, mais je te déteste pas.

Gary. – Non. Je te déteste pas non plus.

Nina. – Tu crois en l'amour ?

Gary. – Je crois que j'y crois.

Nina joue.

Nina. – N'est-ce pas difficile, quand on est homme, d'y croire ? Les hommes ne font pas la différence entre sexe et amour. Est-ce qu'ils font la différence entre tomber amoureux et aimer ? Je ne le crois pas. En plus, ils font pas la différence entre les mères, les épouses, les collègues et les vieux professeurs du temps de leur scolarité. Il est difficile d'être femme, parce qu'on fait la différence entre les choses, mais en tant que femme on doit pas le laisser voir.

Gary. – Non, ah bon. Je t'aime, je le crois, mais j'ai tant de sentiments pour toi, et...

Nina. – ... tu ne sais pas différencier un sentiment de l'autre.

Gary. – Non, peut-être que je ne le sais pas. Tu le sais, toi ?

Nina. – Oui, je le sais.

Gary. – Es-tu heureuse du piano ?

Nina. – Oui, je le suis.

Gary. – J'en suis heureux. Je veux rendre les autres heureux quand je le peux.

Nina. – Je le veux aussi.

Nina s'installe sur les genoux de Gary.

Qu'est-ce que je peux faire pour te rendre heureux ?

Gary. – Fais ce que tu estimes valoir ce que je fais pour toi. Fais-en plus. Comme ça, une autre fois, je pourrai aussi en faire plus. *(Pause.)* Aime-moi si tu veux faire quelque chose pour ton prochain. Aime-moi. Fais de moi ce que tu veux.

Nina fait selon ce qu'elle estime.

C'est pas si terrible que ça de tendre une main secourable à quelqu'un qui a besoin de vous ?

NINA. – Non. Je veux tendre une main secourable quand je le peux et d'une certaine façon ta détresse en augmente la valeur.

GARY. – C'est complexe, non ?

NINA. – Ça l'est. Sans exagération, en effet.

GARY. – Effectivement.

NINA. – Une situation assez complexe, effectivement, pas du tout noir et blanc, car ce n'est pas que les femmes soient opposées à satisfaire les hommes, mais avec l'équilibre des forces qu'il y a entre toi et moi, c'est tout de même assez complexe, cette satisfaction quotidienne, n'est-ce pas ? Vraiment une situation complexe, non ?

GARY. – Oui, vraiment. *(Il introduit sa main entre les cuisses de Nina.)* C'est une situation qui pose le problème de l'offre et de la demande.

NINA. – Pas de l'offre, seulement de la demande et ça pour la raison que le besoin ajouté au besoin engendre toujours plus de besoin.

GARY. – Je t'ai manqué cette semaine ?

NINA. – Non, tu m'as pas manqué. Est-ce que je t'ai manqué ?

GARY. – Oui. Dis que je t'ai manqué.

NINA. – Tu m'as manqué.

GARY. – Je t'ai manqué ? C'est la vérité ? Non c'est pas vrai. Tu ne fais que le dire.

NINA. – C'est la vérité.

Gary. – Dis-le encore, que je t'ai manqué.

Nina. – Pas encore.

Gary. – Dis-le.

Nina. – Tu m'as manqué.

Gary. – C'est terrifiant, que je t'aie manqué ! C'est terrifiant de t'avoir ici comme un oiseau avec lequel je peux faire ce que je veux. Simplement parce que j'ai quelque chose que tu n'as pas. C'est terrifiant ! N'est-ce pas terrifiant ? *(Il s'effondre par terre.)* Pourquoi ne veulent-ils pas être près de moi, comme toi tu le veux ? J'ai tout fait pour eux ! Oui, je les ai peut-être abandonnés, quand ils étaient petits, mais c'est une tradition dans ma génération ! On abandonne ses enfants ! A présent, mes enfants m'ont abandonné ! *(Il empoigne Nina.)* Je veux que mes enfants soient à nouveau près de moi, comme toi ! Tu es comme un fils pour moi !

Nina. – Un fils ? Le suis-je ? Je crois que tu confonds les choses.

Gary. – Si seulement je pouvais rester près de toi pour un week-end.

Nina. – Tu ne le peux pas.

Gary. – Comme si je t'avais ? Comme un père qui a son fils un week-end sur deux.

Nina. – Tu confonds encore les choses.

Gary s'effondre.

Gary. – Oui, je confonds, mais je ne suis sans doute pas le seul à le faire ? ! Tant qu'on confond ensemble, c'est pas si terrible que ça ? ! Un week-end ? Père et fils ? ! *(Pause.)* Tu pourrais pas sortir et entrer à nouveau ?

Nina. – Pas encore.

Gary. – Sortir et entrer à nouveau.

Nina sort et entre à nouveau.

NINA. – Papa.

GARY. – Tu pourrais pas y mettre un peu plus de passion ?

Nina sort et entre à nouveau en se jetant dans les bras de Gary.

NINA. – Papa !

GARY. – Comment ça va à l'école, mon fils ?

NINA. – Ça va bien.

GARY. – Et les examens, ça s'est bien passé ?

NINA. – Les examens ? Oui, ça s'est bien passé. Arrêtons ce jeu. Je peux plus te suivre.

GARY. – Tu peux pas ?

NINA. – Non, c'est pas possible.

Gary s'habille.

GARY. – Tu as assez d'argent?

NINA. – Non, et toi ?

GARY. – Tu sais bien que j'en ai.

Gary sort de l'argent et en donne à Nina.

NINA. – Ton temps est passé.

GARY. – Je t'ai demandé de ne pas dire « ton temps est passé ». Tu dois dire, merci pour aujourd'hui, terminé pour aujourd'hui.

NINA. – Merci pour aujourd'hui, terminé pour aujourd'hui. Tu viendras demain ?

GARY. – Oui, je viendrai demain, petit oiseau.

Nina joue.

NINA. – Je m'améliore de plus en plus. Un jour je serai vraiment bonne.

GARY. – En quoi ?

NINA. – En ceci.

Gary s'en va.

20

Aron et Nadja dans un local à poubelles. Nadja parle au téléphone. Aron est couché par terre, le bas du pantalon replié sur une jambe.

NADJA. – Oui, mais mon copain est handicapé. Il l'est vraiment ! *(Elle raccroche.)* La dame du bureau des Logements a dit qu'on aura un appartement si l'un de nous est handicapé.

ARON. – Elle a dit cela ?

NADJA. – Oui. Je le fais ?

ARON. – Oui.

Nadja prend une hache et la brandit vers la jambe de Aron.

ARON. – Je peux pas regarder.

NADJA. – Moi non plus.

ARON. – Il faut que tu regardes.

NADJA. – Tu peux pas le faire ?

ARON. – Non, je ne peux pas.

NADJA. – Moi non plus. Tu peux pas le faire ? Les hommes ont toujours fait ça – ceux qui voulaient pas partir pour le Viêt-nam l'ont fait – ceux qui – oui, je le fais !

NADJA, *au téléphone*. – Je m'appelle Nadja, je téléphone parce qu'on m'avait promis un appartement. Celle avec qui j'ai parlé m'a dit qu'on en aurait un si l'un de nous était handicapé. Mon copain n'a qu'un pied. Elle n'a pas parlé de handicap psychique. Rien, non rien, sur un handicap psychique ! Elle a dit handicapé ! J'attends un enfant ! Oui, je suis enceinte ! Merde alors... non, non, pardon, ne raccrochez pas ! Non...

(Nadja raccroche.)

Aron ? On ne passera pas devant la liste d'attente. Tu n'es pas handicapé psychique, si tu l'avais été tu aurais eu un

appartement à toi dans un escalier habité par d'autres handicapés et je n'aurais pas pu habiter avec toi, car tu devrais habiter seul pour que des amis viennent te voir. J'ai dit que tu n'étais pas de ceux qui ont des amis qui viennent les voir et elle a dit que ça n'était pas l'affaire du bureau des Logements de trouver des amis à ceux qui n'en ont pas. On pourra passer devant la liste d'attente si on a un enfant. Et si tu es handicapé, et ça tu l'es.
(Nadja va vers Aron.)
J'ai dit que j'attendais un enfant. Je n'en attends pas. Aron ? Pas pour le moment, mais plus tard nous pourrions peut-être en faire un, quand tu iras un peu mieux ? Tu te sens pas très bien, n'est-ce pas ? Et moi non plus.
(Nadja regarde par une fenêtre.)
C'est l'été. Je me souviens des étés comme ils étaient autrefois. Quand je pouvais me détendre pendant l'été. Je ne sais plus me détendre. Pas l'été. Pas l'hiver. Pas l'automne. Pas au printemps. Ce sont plutôt des temps tendus, tu ne trouves pas ? Les étés étaient longs et sans dangers autrefois. Quand on était enfant. Et on était vraiment détendu. Les enfants d'aujourd'hui ne sont pas tout à fait aussi détendus qu'autrefois. Pour beaucoup d'enfants les étés sont longs et pleins de dangers. Il faut changer cela, pour les enfants, pour que les enfants soient détendus. Pendant les étés. *(Pause.)* On adapte ce qu'on est, dedans, à ce qui est au-dehors de soi, chaque fois que ça change au-dehors, on s'adapte au-dedans, mais il y a des limites, oui, des limites, n'est-ce pas ? Des choses qu'on ne peut pas faire sans avoir l'impression de n'être plus celui qu'on était. C'est peut-être ça, la limite. Tu te sens détendu, Aron ?

Aron *gémit.* – Il y a bien longtemps que je l'étais. Je ne sais pas à quoi cela ressemble. J'ai l'air détendu ?

Nadja. – Non. Est-ce que je vois bien ? Aron ?

Aron s'évanouit à nouveau.

21

Nina prend le téléphone et appelle. Allan répond.

ALLAN, *au téléphone.* – « Fuck-Off ». Qu'est-ce que tu veux ?

NINA. – Moi ?

ALLAN. – Oui, toi, qui d'autre sinon ? Tu as appelé « Fuck-Off », que veux-tu ?

NINA, *hésitante.* – C'est la première fois que j'appelle.

ALLAN. – Il faut bien qu'il y ait une première fois. C'est comme ça pour tout, pour tout le monde. Tu sais ce que tu veux, oui ou non ?

NINA. – Je veux que vous m'envoyiez quelqu'un qui puisse m'en passer un.

ALLAN. – Tu vas le supporter ?

NINA. – Je vais le supporter. Je crois.

ALLAN. – Tu le crois, et comment t'appelles-tu ?

NINA. – Il faut que je le dise ?

ALLAN. – Putain, comment tu t'appelles ? !

NINA. – Nina.

Pause.

ALLAN. – On va t'envoyer quelqu'un dès qu'on pourra.

NINA. – Je ne peux pas attendre, alors si quelqu'un pouvait venir tout de suite ?

ALLAN. – J'ai dit qu'on enverrait quelqu'un dès qu'on pourra, tu as bien entendu, non ? !

NINA. – Merci.

ALLAN. – Merci, merci. « Fuck-Off ».

Nina raccroche.

NINA, *parlant à elle-même.* – Je me suis appelée moi-même cochon, mais à quoi sert ce qu'on s'appelle soi-même ? Ce n'est que quand quelqu'un d'autre vous appelle comme ça, qu'on comprend ce qu'on est. Ça m'est difficile de regarder mon cochon intérieur dans les yeux, mais quand je me tiens devant la glace ou quand je passe devant la vitrine d'un magasin et que je me vois moi-même, alors je le vois et il me voit et il dit : « Salut toi, je suis ton cochon intérieur, où vas-tu ? » « Je vais par là. » « Moi aussi. » Où que j'aille, le cochon me suit. Et pourtant il est difficile d'admettre que je sois un cochon. Mais je le suis. Je ne trouve pas que ça m'aille, mais cela finira sûrement par m'aller si je le reste encore quelque temps. C'est une question d'adaptation.

Nina se met au piano.

22

Petter debout à moitié nu dans la forêt avec un fusil.

PETTER. – Papa. Pardonne-moi d'avoir pris cet argent. Pardonne-moi d'avoir mis le feu à l'appartement. Pardon, mon Dieu, pardon.

Petter vise au fusil les oiseaux qui volent dans l'air.

23

Allan est en route pour l'appartement de Nina, le visage caché sous un masque. Le propriétaire est assis dans l'escalier avec un couteau.

LE PROPRIÉTAIRE. – Dis donc, toi, tu habites dans mon immeuble ?

ALLAN. – Non, j'habite pas ici.

Le Propriétaire. – Il y a quelqu'un qui habite dans le local à poubelles. Alors, c'est pas toi.

Allan. – Non, c'est pas moi.

Le Propriétaire. – Je veux pas d'acteurs inconnus dans mon immeuble.

Allan. – Je suis pas un acteur inconnu.

Le Propriétaire. – Je te connais ?! Non, je te connais pas ! Je vais mettre le feu au local des poubelles une nuit, comme ça je verrai bien qui en sortira ! Ce sera sûrement toi !

Allan. – J'habite pas dans le local à poubelles ! J'habite pas ici !

Le Propriétaire. – Qu'est-ce que je sais moi de ceux qui habitent ici ? Tout est en cours de changement ! Les enfants s'en vont, l'ex-mari part, la nouvelle jeune épouse emménage ! Tous déménagent et emménagent sans cesse ! Il faut tout repeindre. L'un veut du vert couleur feuillage clair, l'autre du bleu de Prusse, un autre des carreaux de faïence et un autre encore du papier peint résistant à l'eau ! Il faut refaire, détruire, percer ! Pourquoi est-ce que tout doit changer ?! Il y a toujours quelque chose qui ne va pas. Quelque chose qui fuit, quelqu'un qui dérange, quelque chose qui sent dans le local à poubelles ! Tout va mal ! Des augmentations de loyer ! Des portes de four qui ferment pas ! Des draps qui se déchirent dans la machine à laver ! De la ségrégation et des discriminations parmi ceux qui attendent un appartement ! Le marché noir ! Le manque de logements ! Tout est de ma faute !

Le propriétaire lève son couteau vers Allan qui s'en va.

24

On sonne à la porte et Nina ouvre. Allan se tient sur le palier, le visage caché sous un masque.

Nina. – C'est toi qui viens de la part de « Fuck-Off » ?

ALLAN. – Tu le veux comment ?

NINA. – Je le veux oralement... ou comment vous appelez ça ?

ALLAN. – Oralement. C'est ce qu'on appelle un Autrichien.

NINA. – Il y a quelque chose que tu dois savoir de moi pour pouvoir m'en passer un ?

ALLAN. – Donne-moi simplement quelques repères et je vais bien pouvoir t'en passer un.

NINA. – C'est que j'ai une liaison amoureuse avec un homme, oui une liaison amoureuse... Ou c'est plutôt que moi, et lui aussi, c'est plutôt que lui comme moi, oui, que tous les deux...

ALLAN *crie*. – Si on doit avoir une liaison, il faut bien que ce soit une liaison amoureuse ! Qu'est-ce que c'est que cet homme ? !

NINA. – C'est simplement un homme.

ALLAN. – Quoi donc, « simplement » ? Pour quelle raison, putain, cette liaison avec lui s'il est « simplement un homme » ?

NINA. – C'est un homme âgé, un homme âgé riche.

ALLAN. – Encore un mot de toi, espèce de cochon, et je vomis sur tout ce foutu appartement ! Qu'est-ce que c'est que cet homme âgé riche ?

NINA. – Ça n'a pas d'importance, il s'agit pas de lui, il s'agit de moi.

ALLAN *l'interrompt*. – Qu'est-ce que c'est que cet homme ? !

NINA. – J'ai dit que ça n'avait pas d'importance !

ALLAN. – Ça n'a pas d'importance !

NINA. – J'ai quelque chose qu'il veut et il a quelque chose que je veux, il le prend et moi je le prends, mais ce qui est important c'est que j'ai l'intention de prendre tout ce qu'il a ! Cet appartement ! Tout !

ALLAN, *à part soi.* – Tu as toujours tout pris.

NINA. – Comment est-il possible que je n'arrête pas de prendre ? Je sais qu'on doit donner, toujours donner. Mais j'ai attendu, toujours attendu.

ALLAN. – Tu as attendu quoi, putain ?

NINA. – J'ai attendu que quelqu'un vienne me donner quelque chose parce que j'attendais.

ALLAN. – Qui donc serait venu ?

NINA. – Quelqu'un. Je croyais qu'on me donnerait quelque chose, mais à présent je n'attends plus que quelqu'un me donne quelque chose.

ALLAN. – Tu avais quelque chose, mais tu n'en voulais pas ! Merde à toi !

NINA. – Je crois pas que tu puisses me donner ce que je veux. Je veux plus que ce « merde à toi » pour mon argent. Il vaudrait peut-être mieux que tu partes.

ALLAN. – Partir où ? !

NINA. – Allan ? C'est toi ?

ALLAN. – Oui c'est moi.

Allan ôte son masque.

Putain, qui c'est ? Merde. Et moi ?

NINA. – Je veux pas en parler. Quoi, et toi ?

ALLAN. – Pourquoi tu m'as appelé, si tu voulais pas m'en parler ?

NINA. – Je t'ai pas appelé, toi Allan.

ALLAN. – Comment j'ai pu ? !

NINA. – Comment as-tu pu, quoi ?

Allan s'effondre.

ALLAN. – Comment j'ai pu te laisser partir ?

Nina téléphone.

NINA, *au téléphone*. – C'est moi. Ça serait mieux que tu viennes pas ce soir. Oui, tu me manques. Pas ce soir. Demain.

ALLAN. – Je t'ai laissée partir et à présent tu as un homme âgé riche ! C'était lui ?

NINA. – Oui, c'était lui. C'est pas toi qui m'as laissée partir. C'est moi qui voulais partir et je suis partie.

ALLAN. – Tu dis ça parce que tu crois que c'est comme ça, mais c'est pas comme ça.

NINA. – C'est comme ça.

ALLAN. – Je suis beaucoup trop agressif !

Allan pleure.

NINA. – Pourquoi tu es si agressif ?

ALLAN, *pathétique*. – J'en ai tellement marre. De ce « Fuck-Off ». Mais parce que je suis agressif, je m'en tire fichtrement bien. Je vais chez les gens et je les engueule. « Espèce de singe velu, de cochon merdique ! » « Tu es parfaitement installé dans la vie, mais tu te sens mal, tu te sens mal parce que tu sais que c'est une loterie et que si tu as tiré le bon lot, tu aurais pu aussi bien tirer le mauvais et tu es mal dans ta peau ! » et ils enchaînent : « Je vaux rien, je vaux rien ! » « Non, tu vaux pas plus que n'importe quel autre diable ! » Et ils se sentent tellement bien après, disent-ils, mais moi je me sens plutôt mal, très, très mal. Je suis trop agressif !

NINA. – Pleure pas.

ALLAN. – J'aurais dû te quitter ! Alors, c'est toi qui aurais pleuré ! Je vais succomber.

NINA. – Ça passera. Tu succomberas pas.

ALLAN. Ça passera pas.

NINA. – Tu veux un verre d'eau ?

Nina donne un verre d'eau à Allan.

25

Petter marche dans forêt et ramasse les oiseaux qu'il a tirés.

PETTER. – Tu auras ton argent, papa. Je serai dans le zéro, papa, et à partir du zéro je peux avancer vers où je veux. Je suis un homme à zéro et j'avance vers le dix, je vais vers le cent, oui, peut-être jusqu'au mille. Je marche par les forêts et les champs, par les hautes montagnes et les vastes étendues d'eau, où je veux, à partir du zéro.

Petter sort de la forêt avec ses oiseaux.

26

Nadja traîne Aron évanoui hors du local à poubelles et avance vers n'importe quelle porte et sonne.

ALLAN. – Tu peux pas ouvrir alors que je pleure !

On sonne à nouveau à la porte.

NINA. – Il faut que j'ouvre.

Allan essuie ses larmes.

ALLAN. – Maintenant tu peux ouvrir.

Nina ouvre la porte.

NADJA. – Nina ? J'ai sonné à n'importe quelle porte sans savoir à qui elle était. Je ne savais pas quoi en faire ?

NINA. – De qui ? Aron ?

Allan s'avance vers la porte.

ALLAN. – Où est son pied ?

NADJA. – Je l'ai coupé.

NINA. – C'était un accident ?

NADJA. – Non. Une nécessité. Je l'ai coupé avec la hache. D'amour.

Nina. – Une hache d'amour ?

Nadja. – Je lui ai coupé le pied par amour.

Allan. – Il t'avait quittée ?

Nadja. – Non, jamais il me quitterait, c'était pour avoir un appartement.

Nina. – Vous en avez un ?

Nadja. – Non. Alors, c'est une nécessité qui est devenue accident, pourrait-on dire. Il va très mal.

Allan. – Moi aussi je vais mal.

Nina. – Il veut peut-être un verre d'eau ?

Nina et Nadja traînent Aron dans l'appartement. Allan va chercher un verre d'eau

Nadja. – Nous puons.

Nina. – Oui, en effet.

Nadja. – On habite dans le local à poubelles.

Nina. – Pourquoi vous habitez là ?

Nadja. – On va seulement y habiter jusqu'à ce qu'on ait un enfant.

Allan donne un verre d'eau à Aron. Aron revient à lui.

Allan. – Aron ? Comment ça va ?

Aron. – Comment ça va ? J'ai eu le pied coupé. Nadja l'a coupé. Comment tu vas ?

Allan. – Moi, ça va mal.

Nadja. – On l'a coupé. J'y pense en me disant que c'est nous qui avons coupé notre pied, si je n'y pense pas de cette façon, je peux pas y penser.

Aron. – Nous avons eu le pied coupé. Je veux pas en parler. Il n'y a pas grand-chose à en dire, n'est-ce pas ?

Allan. – Non, sans doute pas.

Aron passe la main vers le pied.

Nadja. – Il te fait mal ?

Aron. – Oui, il fait mal. Il fait très, très mal, quoiqu'il n'y soit plus. C'est des douleurs fantômes.

Nadja. – Tu es pas seul à les avoir ! Je les ai aussi.

Allan. – Moi aussi. C'est ce qu'on n'a pas qui fait mal. *(A Nina.)* Il n'y a pas grand-chose à en dire non plus, n'est-ce pas ?

Nina. – Non, sans doute pas.

Nadja. – Comment tu as trouvé cet appartement ?

Nina. – Il faut vraiment en parler ?

Aron et Allan.

Allan. – Elle a un homme âgé riche.

Aron. – Nina a un autre homme ? C'est qui ?

Allan. – Je sais pas qui il est.

Nadja. – C'est quel genre d'homme ?

Nina. – Simplement un homme. Je veux pas qu'on en parle.

27

Gary marchant dans une rue.

Gary. – Je me consume de manque ! Je peux plus respirer ! Le manque me prive d'oxygène, il se met en travers de la gorge et j'étouffe, j'étouououfffe. Le manque m'étouffe ! *(Gary déboutonne sa chemise.)*
De l'air, de l'aaaiiirr !
Je suis un brasier ! Je suis aux enfers et j'ai très, très chaud ! Je me carbonise sous cette chaleur ! Je suis un bout de bois jeté sur le brasier du désir ! Je flambe en des flammes puissantes et hautes et la fumée monte vers le ciel qui est bleu et le ciel devient gris, gris de fumée ! J'ai très chaud ! *(Gary ôte sa chemise et étend les bras.)*
Je suis une arme dangereuse, une menace contre la vie, et

je tourne l'arme contre moi-même et dis : Meurs, meurs !
Je suis un village écrasé sous des bombes de précision et je
suis tout le village ! Pan ! Pan ! Pan ! Je suis aplati au ras
de la terre ! Le sol est couvert par ma merde !
(Gary agite sa chemise.)
Drapeau blanc ! Drapeau blanc !
Viens, pluie du ciel, emporte-moi dans tes torrents ! Viens,
pluie ! Je ne suis qu'une merde ! Descends et emporte la
grosse merde, ô pluie du ciel !
(Gary nage dans la pluie de la rue.)
Viens, femme, comme un navire sur cette mer gémissante,
sur ces vagues rugissantes de désir ! Viens et emporte-moi
dans tes eaux vastes et humides ! Viens femme-navire,
avec tes ouvertures mouillées ! Je suis un manque à qui il
faut jeter son ancre dans tes ouvertures, ô femme-côte !
(Gary se noie dans la pluie de la rue.)
Je me noie ! Je me noie ! Je me noie !
Dans la pisse. Pas dans la mienne ! Dans la tienne ! Mon
fils, mon fils, pourquoi tu as pissé sur moi et pourquoi je
dois nager dans cette mer puante et brûlante de pisse ? !
(Gary se lève et remet sa chemise.)
Vous y avez eu droit ! Vous avez vu un homme se consumer de manque, puis se noyer dans le manque et la pisse !
Vous ne pourrez pas dire que vous n'avez rien vu en
mourant ! Que la merde soit sur vous !

Gary s'en va.

28

Allan, Aron et Nadja écoutent Nina qui joue. Petter est entré sans que personne ne le voie ou l'entende.

PETTER, *à Nina*. – Tu peux prendre ça ?

Petter donne les oiseaux à Nina.

NINA. – C'est pour moi ?

PETTER. – Non, ils ne sont pas pour toi. Tu pourrais pas les poser quelque part ? Vous êtes là ? *(A Nadja.)* Comment tu vas ?

NADJA. – Ça va. Comment tu vas ?

PETTER. – Ça va. Comment tu vas ?

ALLAN. – Mal.

NINA. – Je vais les poser où ?

ARON. – Tu es pas dans la forêt ?

PETTER. – J'ai des choses à régler, mais ensuite je retourne dans la forêt. C'est quoi les règles ici ?

ALLAN. – Les règles ?

ARON. – Et dans la forêt ?

PETTER. – La survie. Papa est ici ?

ALLAN. – C'est la même chose ici.

NINA, *avec les oiseaux*. – Qu'est-ce que c'est ça ?

PETTER. – C'est des oiseaux protégés. Je les vends, à des Allemands, je les tire dans la forêt. Si je les tire pas, quelqu'un d'autre les tirera et les vendra. Ils les empaillent, les Allemands.

NADJA. – Où ?

ARON. – Pourquoi papa serait-il ici ?

PETTER. – A Nuremberg. C'est son appart.

ARON. – Ici ? Vraiment ?

PETTER. – Il reçoit ses dames ici. J'étais jamais venu, mais j'ai toujours su qu'il avait cet appartement. Qu'est-ce qui est arrivé à ton pied ?

ARON. – Quoi donc, des dames ? Un accident.

NADJA. – Pourquoi dis-tu que c'est un accident, alors que ça n'en est pas un.

PETTER. – Aron, tu sais bien ce que c'est que des dames ? Il est ici ?

Aron. – Quelles dames a-t-il eues ici ? Non, il n'est pas là.

Nadja. – Ici c'est l'appartement de Nina.

Petter. – Qu'est-ce que tu as, Aron ? Il voulait sans doute pas recevoir les dames à la maison, pensant que c'était pas bien pour nous. *(A Nadja.)* C'est vrai ? *(A Nina.)* C'est vrai ?

Nina. – Oui, c'est vrai.

Aron. – Pas bien pour nous ?

Petter. – Aron ! C'est un type qui aime le confort ! C'est sacrément confortable d'avoir un appartement avec des dames dedans !

Aron. Pourquoi j'ai pas su qu'il avait cet appartement ?

Petter. – Moi et papa avons gardé le contact, mais pas toi et papa. C'est pour ça.

Aron. – Il sait que toi et moi nous n'avons pas d'appartement ?

Petter. – Il y a pas mal de choses que toi et moi nous savons, Aron, et dont nous nous foutons, en vivant comme nous l'entendons. Il vit comme il l'entend. Tu es une des dames de Gary ?

Nina. – Oui, je le suis.

Allan. – Gary. Quel nom de merde.

Aron, *à Nina.* – Tu t'en fous ? Que ce soit notre père ? Que ce soit l'appartement de Petter et moi !

Nina. – Oui, je m'en fous ! C'est pas le vôtre. C'est le sien.

Nadja, *à Aron.* – Pourquoi ce serait votre appartement ? Tu n'as plus aucun contact avec lui !

Aron. – Quel vieux porc ! Cet appartement est à moi et à Petter !

On sonne à la porte. Nina ouvre. Sur le palier il y a Gary.

Nina. – Je t'ai dit de pas venir ce soir.

GARY. – Tu me manquais. Terriblement. Un manque terrible.

NINA. – J'ai des amis en visite.

GARY. – Des amis ?

NINA. – N'entre pas.

Gary entre.

ARON. – Salut père.

PETTER. – Salut père.

NINA. – Je t'ai dit de pas entrer.

GARY. – Salut.

NADJA *se présente*. – Nadja.

GARY *se présente*. – Gary. Gary.

ALLAN *se présente*. – Allan. *(A Nina.)* C'est lui ?

NINA. – Oui, c'est lui.

ALLAN. – Faut qu'on en parle.

NINA. – Faut pas qu'on en parle.

GARY, *à Aron*. – Ça se passe bien à l'école ?

ARON. – Je vais plus à l'école. Voici ma copine.

GARY. – Comme ça, tu as une copine. Et toi, Petter ? Tu en as une ?

PETTER. – Arrête.

GARY. – Ça vient quand ça vient, ces histoires de copines.

PETTER. – Détends-toi.

GARY. – Dis donc, pas sur ce ton.

ARON. – Il prend le ton qu'il veut !

PETTER. – Va te faire foutre.

GARY. – Non ! Tu ne dois pas me dire « va te faire foutre » à moi !

ARON. – Il te dit ce qu'il veut !

PETTER, *à part soi*. – Laisse-moi. Laisse-moi tranquille. Arrête. Va te faire foutre. La paix. Détends-toi. Abandonne. Il s'agit pas seulement de toi, il s'agit de toi, de toi, de toi, et de moi et toi. Détends-toi.

GARY. – Tu peux parler comme ça à tes amis, mais on parle pas comme ça à moi. *(A Nina.)* C'est ça tes amis ? C'est mes enfants.

NINA. – Oui, je sais que c'est comme ça. Je t'ai bien dit de pas venir. On entre dans le privé ! Ce qu'il y a entre toi et moi ne devait pas toucher au privé !

GARY. – Je viens quand je veux.

NINA. – Tu ne viens pas quand tu veux.

GARY. – C'est mes enfants.

Petter sort l'enveloppe ensanglantée et la donne à Gary.

PETTER. – C'est ton argent !

ARON. – Prends-le, il est à toi !

GARY. – J'en veux pas ! Je veux pas...

PETTER *l'interrompt*. – Que veux-tu de moi, si tu veux pas cet argent ?

GARY. – Je veux...

ARON *l'interrompt*. – Comment tu as pu avoir cet appartement et pas le donner à moi et à Petter ? Comment tu as pu le donner à Nina ?

PETTER. – Qu'est-ce que tu veux ? ! Prends-le ! Je n'en veux pas ! Je veux rien te devoir. Prends-le !

GARY. – Je n'en veux pas ! Je fais ce que je veux de mon appartement, Aron ! Pourquoi tu ne m'as pas appelé ? Pourquoi tu as pas appelé pour demander comment j'allais ?

ARON. – Je téléphone à qui je veux ! Tu as pas appelé pour demander comment j'allais !

GARY. – Comment tu vas ? !

Aron. – Je ne vais pas vraiment bien ! Et toi, tu vas bien ? !

Gary. – Je ne vais pas vraiment bien non plus ! *(A Nina.)* Je ne vais pas vraiment bien !

Nina. – Je ne vais pas vraiment bien non plus ! Je t'ai dit de pas venir ! Si je te manque...

Gary *l'interrompt.* – Tu ne me manques pas ! J'ai besoin de personne, pas de toi, ni de personne !

Nina. – J'ai pas besoin de toi !

Petter, *à Gary.* – Je veux rien te devoir. Prends-le.

Gary prend l'enveloppe et la donne à Allan.

Allan. – J'en veux pas !

Nina, *à Aron.* – Pourquoi crois-tu qu'on me l'a donné ? On ne donne rien à personne ! Tout se paie et il n'y a pas de limites à ce que ça peut coûter et pas de limites à ce que ça peut valoir !

Allan. – Ce n'est pas qu'à toi que ça coûte ! Je n'en veux pas !

Nadja, *à Aron.* – Gary fait ce qu'il veut de son appartement ! Tu t'appelles Gary, n'est-ce pas ?

Gary, *à Petter.* – Je veux. *(Il s'interrompt.)* Oui, Gary.

Allan. – Qu'est-ce qu'elle t'a donné pour l'avoir ? ! Qu'est-ce qu'elle t'a donné ? Vieux porc !

Nadja, *à Allan.* – Qu'est-ce que ça peut te foutre ? Ça regarde Nina !

Nina. – Je lui ai donné un peu, mais il m'a donné un peu, aussi ! Oui, ça me regarde !

Aron, *à Nadja.* – Ecoute, Nadja. Ça ne te regarde pas.

Allan. – C'est un vieux porc !

Nadja, *à Aron.* – Pourquoi ça ne me regarde pas ? Si ceci est votre appart, je t'ai coupé le pied, croyant *(elle pleure en silence)*, croyant que c'était une nécessité, mais ça ne l'était pas, si c'est votre appartement. C'est moi qui l'ai fait... j'ai dépassé les limites et je ne pourrai plus jamais te regarder sans penser que c'était moi. Je ne pourrai plus jamais me détendre...

Nina, *à Allan.* – Ce n'est pas un vieux porc. *(A Gary.)* Tu n'aurais pas dû venir.

Petter, *à Gary.* – Tu veux que je dépende de toi, c'est ça que tu veux. Tu veux que je t'aime et je t'aime, mais pas comme tu le voudrais.

Allan sort un couteau et le brandit contre Gary.

Gary, *à Nina.* – Bordel, qu'est-ce qu'il fait ?

Allan. – Qu'est-ce que tu fais, bordel ?

Nina, *à Allan.* – Qu'est-ce que tu fais ?

Allan. – Ce que tu fais est de la merde !

Gary. – Je ne fais rien.

Allan. – Ce que tu fais c'est de la merde. Tu es une merde.

Gary. – Je suis une merde, mais qu'est-ce que je fais ?

Allan. – Une merde !

Gary. – Pourquoi il m'appelle une merde ?

Allan. – Tu es une merde.

Nina. – Tu ne dois pas l'appeler une merde ! Tu dois planter personne avec ton couteau !

Allan. – J'en ai tellement marre, tellement marre ! Je le dois !

Nina. – Tu le dois pas !

Petter. – Papa ! Prends ton fric ! J'ai tué pour cet argent ! Papa ! Prends-le.

Gary. – J'en veux pas !

Allan. – Si, je le dois !

Nina cherche à se saisir du couteau. Gary cherche à se saisir du couteau. Nina cherche à s'interposer entre Gary et Allan. Petter cherche à attraper Gary. Allan prend le couteau et le dirige vers lui-même. Nina enlève le couteau à Allan, mais quelqu'un bouscule Nina de telle façon que Allan lui enfonce le couteau dans le ventre et qu'elle s'effondre par terre.

Tu l'as plantée.

GARY. – Merde alors, c'était pas moi. C'était toi.

NADJA. – Comment tu as pu ?

PETTER. – Ne m'accuse pas. C'était pas moi.

ALLAN. – C'était moi.

ARON. – C'était pas moi.

ALLAN. – Je croyais pas que j'y arriverais, mais j'y suis arrivé.

PETTER. – Accuse-moi. C'était moi. C'est toujours moi.

GARY. – C'était pas moi.

Nina retire le couteau de son ventre.

NINA, *crachant du sang*. – Le plus difficile quand on sort de prison, ou simplement d'une longue période d'abus de drogues et qu'on dispose de son premier appartement à soi, c'est de dire non à ses anciens amis toxico qui n'ont pas où dormir. Car s'ils viennent te squatter, ils amènent des potes puis on fait la bringue et il en vient de plus en plus de potes, avec de l'alcool dans des sacs en plastique et d'autres drogues dans d'autres sacs en plastique et... on peut pas dire non. Après la fête, le social te reprend ton appart... et c'est le retour dans l'abus... *(Elle tousse.)* Mais même si ça arrive dans les appartements, il faut en proposer aux toxico, car c'est pas très facile de se libérer d'une dépendance, ni de ses potes. Il faut en tenir compte, quand on a des amis, qu'on s'en libère pas si facilement. *(Elle tousse.)* Et on ne peut pas s'en purifier totalement. Peut-être qu'on le veut pas. On veut simplement garder le contrôle de l'abus et *(elle tousse)*...

NADJA. – Elle veut peut-être un verre d'eau ?

Nina se met à califourchon sur Gary avec le couteau dans la main.

NINA. – Donne-le-moi.

GARY. – Quoi ? Qu'est-ce que je dois te donner ?

NINA. – Tu dois me donner le contrat. Je le veux, et mon nom doit être écrit dessus.

GARY. – Non. Jamais de la vie.

NINA. – Je dois l'avoir, Gary. J'avais pas du tout l'intention de te le dire comme ça, j'avais l'intention de le dire un jour quand les choses seraient pas du tout comme ça, avec autant de monde autour, et j'avais pas l'intention de te menacer d'un couteau, mais à présent je veux ce contrat. J'avais l'intention d'avancer lentement, Gary, mais maintenant il faut aller vite. Tu piges? Je voulais que tu me le remettes comme si c'était toi qui me donnais quelque chose, mais à présent je suis obligée de te le prendre. Gary ?

GARY. – Oui.

NINA. – C'est la même chose. Ça va seulement un peu plus vite.

GARY. – Je vais te le donner.

NINA. – Oui, tu le dois.

GARY. – Plus tard.

NINA. – Maintenant.

Gary extirpe le contrat.

Est-ce que mon nom est écrit dessus ? Il faut que mon nom soit écrit dessus. *(Gary ajoute le nom de Nina.)* Je te remercie.

Nina embrasse Gary qui est coincé entre ses jambes.

Tu me l'aurais donné, tôt ou tard, maintenant c'est tôt. N'est-ce pas que tu l'aurais fait ? Tu peux venir ici quand tu veux, mais tu dois appeler avant.

Gary. – Je veux peut-être pas venir. Je veux peut-être pas appeler. Je t'aime peut-être pas ?

Nina se lève.

Nina. – Peut-être pas. Comment pourrais-je le savoir si toi tu ne le sais pas ?

Gary. – Tu m'aimes ?

Nina. – Si tu viens ici, tu feras ce que je veux.

Gary. – Je fais ce que je veux.

Gary se lève. Aron avance vers Nadja.

Aron. – Nadja, ce pied. C'est pas si mal. Je marche aussi lentement que toi maintenant.

Nadja. – On ne se comprend pas toujours pas toujours, mais nous marchons à la même vitesse. C'est pas une mauvaise relation.

Aron. – Non, pas du tout.

Allan se tient à l'écart.

Allan. – Personne ne m'aime.

Petter. – Moi, je t'aime.

Allan. – Emmène-moi dans la forêt. Enlève-moi. Dans la forêt.

Petter. – Je t'emmènerai dans la forêt.

Gary s'apprête à partir.

Nina. – Où tu vas?

Gary. – Je rentre. *(A Petter.)* Tu viens avec moi ?

Pause.

Petter. – Non, je ne viens pas.

Gary. – Toi ?

Aron. – Non.

Gary. – Toi ?

Nadja. – Non. Je le crois pas.

Gary. – Tu ne crois pas ? Je ne le crois pas non plus. *(A Nina.)* Toi ?

Nina. – Non

Gary s'en va.

Reviens si tu veux. Tu fais ce que tu veux. Je fais ce que je veux.

Nina joue.

FIN

Achevé d'imprimer en août 2000
Imprimerie Lienhart
à Aubenas d'Ardèche

Dépôt légal août 2000

N° d'imprimeur : 2518
Printed in France